AF308766

A. MADRA

Galathia

Drame en 2 Actes

D'APRÈS VASSILIADIS

PARIS

BIBLIOTHÈQUE INTERNATIONALE D'ÉDITION

E. SANSOT & Cie

7, RUE DE L'ÉPERON, 7

MCMVIII

GALATHIA

Drame en deux Actes

A. MADRA

GALATHIA

Drame en 2 Actes

d'après S. VASSILIADIS

PARIS
BIBLIOTHÈQUE INTERNATIONALE D'ÉDITION
E. SANSOT & Cⁱᵉ
7, RUE DE L'ÉPERON, 7.
MCMVIII

NOTICE

S. Vassiliadis naquit à la littérature à une époque troublée, par la chute du roi Othon. Ce fut une période pleine d'illusion, de projets politiques, de grandes et belles pensées, qui s'exhalaient de tous les esprits par un souffle de liberté.

Dans cette atmosphère confuse d'idées, ou l'homme de lettres, l'orateur, le politique prononçaient des paroles qui reflétaient l'âme tumultueuse de leur temps, il était peu facile d'apprécier les vrais poètes.

S. Vassiliadis était bien le type représentatif de son époque. Avocat et poète, grand patriote, ces diverses faces de sa personnalité devaient le pousser vers un certain gongorisme romantique, qui a nui à ses œuvres. De ses drames poèmes ou contes il ne subsiste guère que son chef-d'œuvre de Galathia. Pendaut 40 ans cette pièce a triomphé sur la scène grecque.

Ce grand libelle contre l'infidélité de la femme, cette fable charmante dégagent une incontestable vérité et font de Galathia une admirable statue sur les ruines de son époque.

Ce poète a l'âme généreuse est mort en 1874. Son grand titre à l'affection des Athéniens fut la création de l'Ecole du Soir des Enfants pauvres.

Patras, sa ville natale, fière de son poète, lui a érigé un monument sur une de ses places principales.

S. Vassiliadis avec son ami D. Paparrigopoulos, poète aussi, sont les deux seuls représentants du romantisme en Grèce. Tous deux sont morts jeunes, laissant leur œuvre inachevé. Ils dorment dans la blanche nécropole d'Athènes aux ombrages mélancoliques ou en se promenant ils se sont inspirés et consolés.

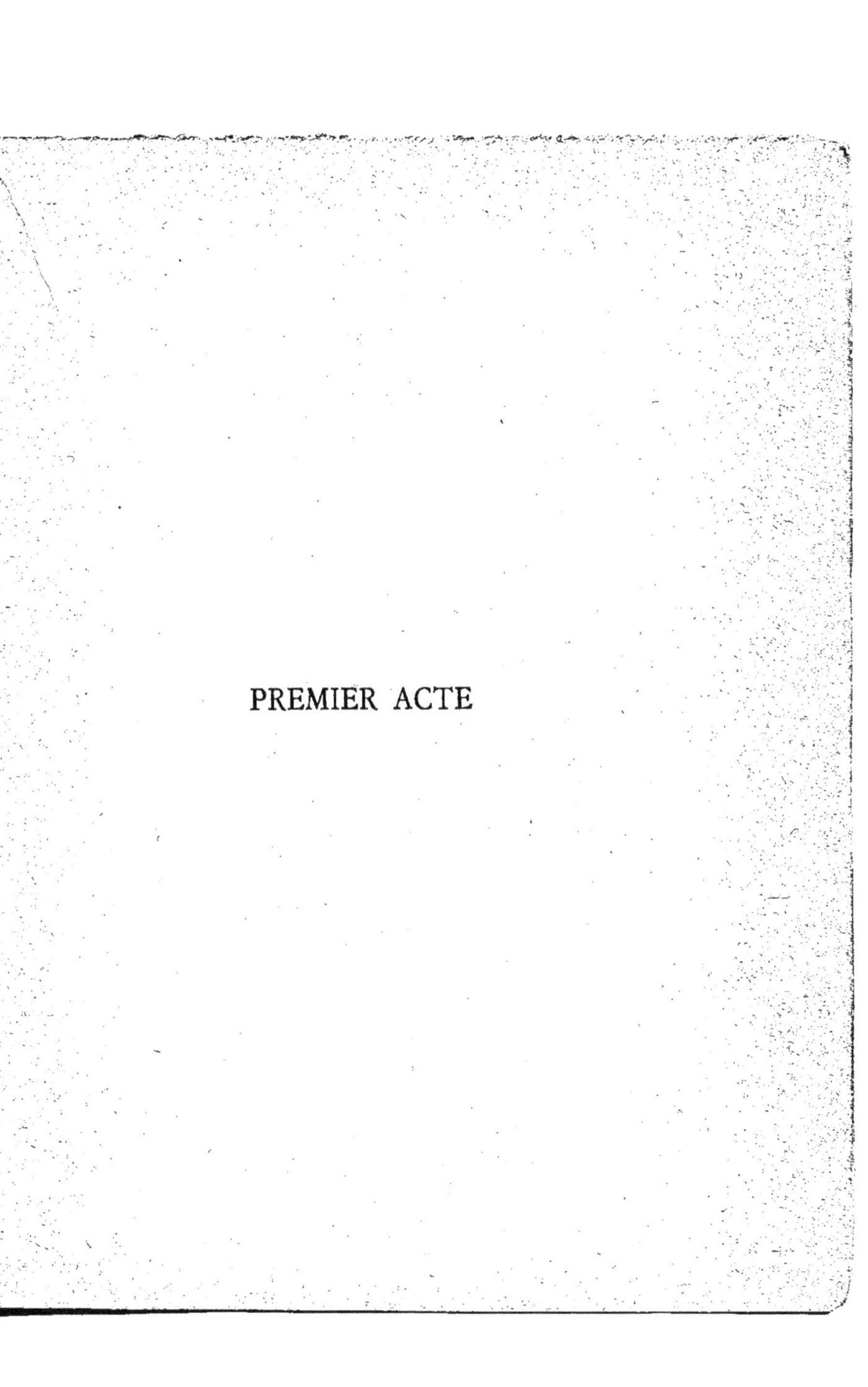

PREMIER ACTE

PERSONNAGES

PYGMALION, *Roi de Chypre et Sculpteur, 36 ans.*

RENNOS, *Frère du Roi, 24 ans.*

EVMILOS, *Prêtre d'Apollon, et Conseiller du Roi, 55 ans.*

LYRIOS, *Serviteur, 16 ans.*

LE MESSAGER.

GALATHIA.

Peuples, Soldats, Serviteurs, Danseurs, et Athlètes.

La scène se passe à Chypre avant J.-C.

ACTE PREMIER

DÉCOR

Au milieu d'une place publique se trouve le palais d'hiver en marbre blanc. A l'ouverture du rideau, on se trouve dans la salle du trône ; qui communique avec l'atelier du Roi.

Intérieur d'atelier ; à gauche on voit la statue de Galathia qui, de sa main droite, avec un peplum essaie de cacher aux regards scrutateurs, sa pudeur virginale.

La salle du trône, ouvre sur une véranda, avec escalier, qui donne accès au jardin du Palais.

Un autel consacré à Vénus, se trouve à droite de la véranda.

C'est le crépuscule.

Evmilos, à la barbe blanche rentre et après avoir salué l'autel de Vénus, va au devant de Pygmalion, qui, tout épuisé de son travail, se trouve en contemplation admirative devant la statue achevée.

SCÈNE PREMIÈRE

PYGMALION, EVMILOS.

PYGMALION

Depuis que j'ai pénétré et approfondi la nature de
la femme, je suis très malheureux.

EVMILOS

Tu parles mal Pygmalion ; n'ayant connu que
quelques femmes, tu les as toutes prises en haine.

PYGMALION

Celles de Chypre qui ne vivent que par les sens.
Leur dévouement est un métier, leur douceur et
leur patience sont un piège. (*Mouvement de protesta-*

tion d'Evmilos.) Crois-moi, leur cœur est comme le sable ou comme l'abîme. Tout leur art consiste à faire souffrir les dieux et les hommes. Aucune vérité, aucune grandeur dans leur âme et tout en elles n'est qu'illusion et mensonge. Ornées de leurs *vêtements*, ce sont des reines, mais aussitôt dépouillées, elles ne sont plus que des hetaïres. Voilà l'image de la femme de Chypre.

EVMILOS

Tu as eu une mère Pygmalion. Et si tu avais un fils, tu ne parlerais pas de la sorte ; tu insultes toutes les femmes et si elles pensaient nourrir des enfants aussi ingrats, elles changeraient en poison leur lait nourricier.

PYGMALION

Et tu crois que ce serait des mères ? Mais tu as raison car les mères d'aujourd'hui ne sont que des

chiennes Pygmalion, pourtant, quand il était jeune,
croyait à toutes ces fables. Evmilos, l'île de Chypre
a aujourd'hui des femelles et non des femmes. Heureux
celui qui rencontrera la vierge pure... moi je ne
trouve que la prostituée qui malgré toutes ses parures
est toujours nue. Abjection. Pour moi, plus rien
n'existe : ni la ville, ni la foule, ni les fêtes !
Tout mon amour, toute ma joie, toute ma vie c'est
ma statue, ma Galathia ..

EVMILOS

Tu dédaignes donc l'œuvre des dieux, et tu leur
préfères l'œuvre de tes mains.

PYGMALION

Non, je les respecte dans cette statue à leur image.
Je l'admire et si je pouvais l'animer, si je pouvais la
sentir frémir, dans mes bras, avec un cœur pur
j'aurais le bonheur idéal et suprême.

EVMILOS

Alors pourquoi maudis-tu les hommes? Crois-moi, la vie mérite plus d'indulgence et plus d'amour ; tu adores ta statue, tu l'implores, espérant l'animer. Sa froideur marmoréenne suscite ta passion effrénée, mais si, par un miracle, ce marbre s'animait, avant que Phoebus ait fait trois fois sa course, ton rêve serait évanoui.

PYGMALION

Grands dieux, je ressens tellement d'amour que je passerais toute ma vie aux pieds de cette statue. Si en infusant mon sang, j'animais ce marbre, ma félicité serait céleste.

EVMILOS

O roi! Veuillent les dieux t'être cléments et propices à l'accomplissement de tes vœux, mais je

crains que tu ne t'en repentes, car le bonheur ici-bas
est irréalisable. Le silence de cette statue te charme,
mais le jour où le miracle s'accomplira, toute cette
flamme se dissipera en fumée. Pense à Némésis :
Pygmalion crois-moi, adore cette forme inanimée,
car si tes vœux se réalisent, ils te coûteront bien des
larmes amères.

PYGMALION

Regarde cette statue et ose répéter ce que tu viens
de dire. O ma Galathia, rêve enchanteur de ma vie,
comme on te méconnaît. Evmilos, va aux autels prier
les dieux qu'ils soient secourables à Pygmalion. Le
jour où ma Galathia aura pitié de mes souffrances,
Pygmalion sera divinement heureux, mais si les dieux
lui refusent cette faveur, alors la vie lui sera un
fardeau et il mourra.

EVMILOS

O Apollon, sois nous propice.

(Il sort.)

PYGMALION, *s'approchaut et s'agenouillant
devant la statue*

O éveille-toi, car depuis longtemps je souffre et
j'espère !...

Pourquoi ne me réponds-tu pas ? Pourquoi ton cœur
reste-t-il insensible à ma douleur comme le roc à la
tempête, mais tu te tais, parce que, comme toutes les
divinités, tu es jalouse du bonheur des humains.

O beauté divine, ô chère folie, ô idole de mon
âme, je t'aime, j'aime en toi la beauté. Parle-moi,
même si ta voix m'ordonnait de mourir.

Que tes yeux s'ouvrent, dussè-je expirer sous leurs
regards !... Parle moi, parle moi, ta voix me fera
vivre... Ah ! ton silence est plus cruel que les fauves
d'Hyrcanie et plus mortel que les philtres des sorcières
Thessaliennes. Orphée, donne-moi donc ta lyre, qui
a dompté le chien gardien de l'Adès et qui a ému les
rochers. Peut-être aussi, ma Galathia. . Hélas !...

SCÈNE DEUXIÈME

LES MÊMES LYRIOS,

LYRIOS

Seigneur, le soleil est couché, doi-je apporter les flambeaux ?

PYGMALION

Non ! qu'on me laisse seul. *(Lyrios sort)*. Qu'on me laisse seul, car je veux que l'obscurité règne dans mon âme comme dans la nature. La nuit est une mère vigilante qui console les malheureux ! Je veux que ta statue, ô ma Galathia, comme l'étoile du soir, éclaire toute la terre. Dieux, je donnerais ma vie pour une seule minute de bonheur... ayez pitié de ma détresse... Dieux égoïstes et féroces, vous me refusez ce bonheur...

vous êtes plus impitoyables que ce marbre ; au moins donnez-moi la mort qui m'apportera l'oubli.

LA STATUE

Ne blasphème point, car les dieux punissent.

PYGMALION

Ciel d'où vient cette voix. Est-ce sa voix où ai-je fait un rêve. Parle encore, ma Galathia ! *(Il s'approche de la statue et ecoute)*... Mais, non marbre sans pitié, tu es toujours muet ! Qui donc a parlé ! Oh qui que tu sois, Dieu ou démon, tu as dit la vérité. Oui, les dieux punissent, puisque malgré toutes mes souffrances, ils sont sourds à mes prières.

SCÈNE TROISIÈME

LES MÊMES, LYRIOS, UN MESSAGER

LYRIOS

Seigneur, un messager désire vous parler : il paraît porteur d'agréables nouvelles.

PYGMALION

Qu'il entre. *(Lyrios sort)* Puisse-t-il être un envoyé du ciel et m'apporter le calme et la joie.

(Il sort de l'atelier. Lyrios introduit le messager ; de chaque côté, des serviteurs apportent des flambeaux.)

PYGMALION

Salut ! étranger ! D'où viens-tu ! Et pour quel motif ?

LE MESSAGER

Salut, roi ! Dans quelques heures, celui qui a erré
chez les Barbares qui a franchi les mers, enfin celui
qui a été maudit et chassé du toit paternel, ton frère
Rennos arrive. Moi son fidèle compagnon, je t'ap-
porte le premier cette heureuse nouvelle et je salue le
roi et le frère....

PYGMALION, *à lui-même*

Mon frère Rennos.... Il sera là bientôt ! O dieux,
pardonnez-moi mes plaintes. (*au Messager*) Salut encore, toi qui apportes un si doux message. Salut noble
et fidèle compagnon de mon frère. Sois le bienvenu
et que les dieux te soient propice ! (*à Lyrios*) Préparez
le char et volons à la rencontre de mon Rennos aimé.
Quant à l'ami qu'il soit traité royalement. Allez !
(*tous sortent*) Viens, mon frère. Dans ma joie im-

mense, j'oublie la malédiction paternelle ; viens la
voir, viens voir cette créature qui me tient enchaîné.
Car en elle seule tout est grâce, rythme et magie ;
devant elle seule, l'éclat du soleil éblouissant s'efface.
Par elle seule, je vis, je respire et j'existe. Ah ! je
souffre et suis l'esclave de ton charme ; aie pitié de
moi. (*Il se met à genoux devant la statue avec un
flambeau à la main ; il l'approche plus près de la poitrine.
Tout à coup, les yeux s'ouvrent, la main gauche se meut
et remonte la draperie jusqu'à la gorge. Pygmalion dans
un éblouissement de joie, jette le flambeau et tend les bras
vers Galathia.*) Grands Dieux ! vous m'exaucez ; comment pourrai-je m'acquitter !

GALATHIA, *tombant dans les bras de Pygmalion*

Pygmalion, sois heureux !

*Sur la place publique, la foule arrive, en se réjouissant de l'henreux
événement. Divertissements, jeux, danses, musique.*

SCÈNE QUATRIÈME

PYGMALION — RENNOS — La Salle du Trône

PYGMALION

Dis-moi, cher Rennos, toi qui as parcouru le monde
et qui as vu tant de peuples aux mœurs si différentes,
les hommes sont-ils méchants ou bons ? Es-tu per-
suadé que la méchanceté soit une difformité de l'âme,
ou sert-elle à améliorer la nature humaine ?

RENNOS

Les hommes sont méchants et pervers. La sagesse
est passagère, tandis que le mal règne toujours sur
l'humanité. Si parfois se rencontre une sagesse supé-
rieure, elle s'éclipse devant la force des passions
comme un bon roi se perd par ses mauvais conseillers.
Ainsi la vie m'apparût comme un rêve, non à cause

de sa briéveté, mais parce que l'homme, tout éveillé qu'il est, se heurte, comme un somnambule, à tant de malheurs et d'erreurs. J'ignore si la mort est un réveil, mais la vie est un sommeil plein de songes, heureux ou néfastes.— Laissons cela, voici Galathia qui revient.

PYGMALION

Oui, devant elle, les larmes peuvent se transformer en brillants. Devant cette aurore lumineuse, toute pensée sombre s'éclaircit.

SCÈNE CINQUIÈME

LES MÊMES ; GALATHIA

(GALATHIA entre souriante et gracieuse)

Que dit de nouveau ce cher Rennos ?

PYGMALION

Qu'en aucun coin du monde, il n'a rencontré ta beauté, la douceur de ta voix et la légèreté de tes pas.

RENNOS

Pygmalion a raison, ton charme surpasse celui des Sirènes.

GALATHIA

Les Sirènes ! Qu'est-ce donc que les Sirènes ?

RENNOS

C'étaient des êtres ensorceleurs et cruels comme des tigresses.

GALATHIA

Mais enfin à qui ressemblaient-elles ?

RENNOS

A des femmes.

GALATHIA

Alors elles étaient vieilles et horribles comme les Erynnies.

RENNOS

Non Galathia ! C'étaient des femmes jeunes, qui par leur voix suave affolaient les voyageurs et les précipitaient sur les rochers qu'elles habitaient. J'étais parmi les heureux mortels qui entendirent leurs voix pour la dernière fois.

GALATHIA

Dieux ! Pourrait-on jamais croire que la femme qui se nourrit d'amour, ait le cœur tellement féroce !

PYGMALION

Mais tu oublies, chère Galathia, que c'est elle la source de tous nos maux. (*à Rennos*) Allons, dis-nous comment tu as échappé à ces dangers.

RENNOS

Un oracle avait conseillé à Pélias, roi d'Iolchos, de se défier d'un homme qui n'avait qu'une sandale. Ainsi conçût-il de grandes inquiétudes à l'arrivée de

Jason dont il avait détrôné le père. Pélias, pour se soustraire à ce danger, ordonna à Jason d'entreprendre la conquête de la Toison d'Or. Moi, fuyant alors sous la malédiction paternelle, je les suivis et nous partîmes entourés d'une foule de héros, sous la protection de Minerve ; ayant comme pilote Orphée qui nous berçait avec sa lyre.

GALATHIA

Mais quel était le prix de cette expédition dangereuse ?

RENNOS

Une simple Toison d'Or et avec elle un monstre, plus terrible que la mer même ? Médée, fille du roi de Colchos.

GALATHIA

Médée!

RENNOS

A la vue de Jason, une passion l'enflamme et la
dévore, et c'est grâce à elle que nous réussîmes à
nous emparer de la Toison d'Or.

PYGMALION

La malheureuse !

RENNOS

Poursuivis de près par son père, elle tue son frère
qu'elle avait pris avec elle dans sa fuite et le dissémine
sur la route, morceau par morceau, juste au moment
où il allait nous saisir. Cet horrible spectacle,
arrête sa poursuite Devant cet affreux malheur,
tous les yeux se mouillèrent de larmes, sauf ceux de
Médée.

PYGMALION

Dieux ! Est-ce donc possible que le sein d'une mère ait pu nourrir des monstres pareils ! (*A Galathia qui est suffoquée par la douleur*) Mais quoi, tu pleures !

RENNOS

Laissons toutes ces tristesses et revenons aux Sirènes, attirés par la douceur de leur chant et par leur symphonie divine ; nous étions perdus en approchant des rochers où elles vivaient... Mais soudain, de la proue du navire, un chant plus mélodieux vient frapper nos oreilles, et nous apercevons Orphée, luttant de sa lyre et de sa voix, contre le chant des Sirènes. Enfin, elles furent vaincues, et de désespoir, elles se précipitèrent au fond de la mer, où elles périrent.

GALATHIA

Et Médée ?

RENNOS

Médée s'approchant d'Orphée, lui donna un baiser.

GALATHIA

Oh ! Si je pouvais entendre sa voix.

RENNOS

Voici les paroles de ce chant mélodieux.

« Les jours, les ans ont fui. La ronce avec la mûre
Ont noyé sous leurs liens, la vigne aux grappes d'or
« Le père a vu blanchir sa noire chevelure
Et l'enfant se révèle un adolescent fort,
Depuis qu'un océan étranger nous torture.

« Le pilote, lassant l'âpre difficulté,

Dirige le navire en dépit des désastres,

Et longeant du désert, la morne immensité,

L'égaré fixe en vain les clairs signaux des astres,

Pour trouver le point juste, où surgit la Cité.

« Ah ! Quand mouillerez-vous, trirèmes balancées

Au port natal, que baigné un double et sombre azur !

Quand donc les bras tremblants des douces fiancées

Pourront-ils, ô marins, serrer nos bustes durs.

O vent du Nord, secours nos rames cadencées !

« Là-bas, sous chaque toit aux reflets caressants

Du paternel foyer, dont la lumière tremble,

Là-bas où le flot meurt... lorsque le soir descend

Les gens de la maison s'unissent tous ensemble

Pour pleurer le fils mort ou les frères absents.

« Mais quelle fête ! après tant de larmes amères,

Quelle fête ! Et combien de baisers au retour !

Dans la chère patrie où l'on vit la lumière

Mais ou l'épouse encore se dessèche d'amour

Et se mouillent de pleurs, les yeux des vieilles mères !

SCÈNE SIXIÈME

EVMILOS, RENNOS, PYGMALION, GALATHIA.

On entend des grands cris du peuple. Evmilos rentre par l'escalier qui donne accès sur la place publique.

EVMILOS

Que les dieux nous protègent. O roi ! Toute la ville est en alarmes. Des pirates crétois incendient et pillent la partie occidentale de cette île ; le peuple, devant le palais, invoque ton secours, ô roi.

RENNOS, *se levant avec un élan guerrier et mettant la main sur son épée se dirige vers la fenêtre. Pygmalion se levant aussi et s'adressant à Evmilos.*

PYGMALION

J'espère faire sentir la vigueur de mon bras à cette horde de pirates qui osent aborder mes états. Mais ce

n'est après tout qu'un avertissement de la divinité
pour châtier la population de cette île en orgie.

RENNOS

Mais non Pygmalion, reste auprès de Galathia qui
a besoin de ton secours et laisse-moi le soin de punir
ces insolents dévastateurs. Je saurai bientôt ramener
le calme et la joie dans ton royaume.

PYGMALION

Est-ce possible qu'à peine revenu de cet exil, après
avoir franchi tant de dangers, tu veuilles y retourner
encore. Par Jupiter, je serais coupable si je permettais
que le frère du roi expose sa vie qui m'est la plus
chère au monde. Non Rennos, ces invasions sont des
choses ordinaires et nos chefs auront bientôt réprimé
et châtié leur insolence. J'y vais donc ordonner le

nécessaire. Et toi, chère Galathia, ne te trouble point, mais reste confiante aux dieux qui nous protègent. Allons voir Evmilos.

(Il sort avec Evmilos par le même escalier. Rennos fait quelques pas pour accompagner son frère. Galathia, d'une voix timide et passionnée.)

GALATHIA

Reste, Rennos... Reste.

SCÈNE SEPTIÈME

RENNOS, GALATHIA

(Long silence).

RENNOS

Pourquoi ce silence ? Comme tu es pâle ! Parle !

(Galathia, muette, les yeux fixés à terre).

RENNOS

Est-ce cette invasion qui trouble ton âme, Galathia.

GALATHIA, *timidement*

Non.

RENNOS

Est-ce la perte des Sirènes ?

GALATHIA

Non.

RENNOS

Alors c'est à cause de Médée ?

GALATHIA, *d'une voix étouffée, chaude et passionnée*

RENNOS, je........

RENNOS

Grands dieux ! Grands dieux ! (*Il sort*).

GALATHIA, *allant à la porte par ou il est sorti*

Cher Rennos ! pourquoi ta voix est-elle l'écho du chant d'Orphée. Pourquoi !........ Pourquoi !........

(*Elle tombe défaillante sur un divan*).

RIDEAU

DEUXIÈME ACTE

SCÈNE PREMIÈRE

*Même décor qu'au 1ᵉʳ acte. Galathia en costume matinal, très pâle,
gravit l'escalier qui communique avec le jardin ; en effeuillant une
marguerite.*

GALATHIA

Il m'aime..... Il ne m'aime pas..... Il m'aime. *(laissant tomber la fleur effeuillée)* Chère fleur qui m'as prédit un tel bonheur! Oh ! il m'aime ! Toutes les marguerites que j'ai effeuillées et tous les dieux ensemble, m'ont répété : Il t'aime. Oui, oui, il m'aime. Et pourtant loin de moi, il se bat, *(avec effroi)* peut-être est-il blessé... Non, non, Rennos est vainqueur. Comment ne serait-il pas vainqueur... Mais pourquoi partir ; pourquoi me quitter. De quel côté de l'île se bat-il ? Par-là, peut-être... O! mon Rennos, sois vainqueur et que les dieux te soient secourables, toute ma pensée et tous mes vœux t'accompagnent ! O pirates crètois, prosternez-vous aux pieds du roi de mon cœur !... Mais si vous lui destinez une flèche mortelle, dieux, voilà ma poitrine, dirigez-la droit vers moi et que mon Rennos vive ! Pourquoi es-tu parti; cher Rennos ? Pourquoi !

(Elle reste appuyée, pensive.)

SCÈNE DEUXIÈME

GALATHIA, PYGMALION

(Entre Pygmalion vêtu d'un costume guerrier.)

PYGMALION

Tu es ici, ma Galathia ! Pourquoi fuis-tu si tôt de
mes bras ? Quelle cause a troublé ton sommeil et
assombri tes rêves ? Dès l'aurore, tu étais déjà au jardin ou tu as trouvé les fleurs endormies. On dit que
la rosée du matin, c'est le rêve des fleurs : O rêve de
mon sommeil ! O fleur délicieuse de ma vie ! Pourquoi cette pâleur ? Souffres-tu, ma Galathia ?

GALATHIA, *toujours indifférente*

Je regarde cet arbre qu'un vent terrible, la nuit
dernière a dépouillé de toutes ses fleurs. Pourquoi les

dieux jaloux n'ont-ils pas permis qu'il porte des fruits ?
Pourquoi alors a-t-il fleuri ?.... Mais quelles nouvelles
de Rennos ?

PYGMALION

Rennos est sûrement vainqueur mais aucun messager..... Ce silence m'afflige : ton trouble me présage
un malheur, tes nuits plaintives et sans sommeil me
causent une inquiétude mortelle.

GALATHIA

Qu'as-tu dit ?

PYGMALION

Rien, amie, mais dis-moi comment je pourrais te
rendre heureuse.

GALATHIA

Pygmalion : Si notre cher Rennos était blessé.....
Voilà ce qui pourrait me rendre malheureuse ! (*à elle-*

même) Dieux secourables ! Sauvez Rennos (*à Pygmalion*) C'est trop cruel ! C'est une folie ! Comment as-tu
permis qu'il partît à peine revenu d'un si long voyage.
Fallait-il ton frère pour combattre ces pirates ? N'a-
vions-nous pas assez de chefs ?

PYGMALION

En vain chère Galathia, je l'ai pressé dans mes
bras, lui disant de laisser à d'autres le soin de repous-
ser cette invasion et de nous conserver sa chère exis-
tence. Mais aussitôt qu'Evmilos apporta le message,
le voyant prêt à partir, pour le retenir auprès de nous,
je lui parlai de tes pleurs : Alors, me lançant un regard
étrange, sauta sur son cheval et partit comme l'éclair.

GALATHIA, *à elle-même*

Alors, il me haït ! Mon amour doit lui être odieux !
(*à Pygmalion*) Mais s'il était en danger !..... S'il était
blessé !..... C'est horrible ! c'est horrible !

PYGMALION

Rassure-toi, car Rennos aime la guerre comme une amante. C'est avec elle qu'il a vécu !... Mais qui sait ; un mauvais destin peut-être le poursuit. Et.....

GALATHIA

Oh ! ne parle plus, sauve ton frère si tu le peux ; sinon...

PYGMALION

Donne-moi ta main, Galathia, et sois courageuse. Je venais justement t'annoncer mon départ mais je craignais tes larmes. Allons, adieu, demain tu nous reverras tous les deux.

GALATHIA, *feignant la tristesse.*

Alors tu pars aussi.

PYGMALION

Oui, puisqu'il s'agit de sauver et de ramener notre cher Rennos.

GALATHIA

Adieu et que les dieux nous protègent. Revenez vainqueurs. Je vous attendrai inquiète devant les autels ; mais si dans une trop longue attente mon espoir s'éteint, alors...

PYGMALION

Sois reine pendant mon absence. *(Il l'embrasse et sort)*. Adieu !

Galathia, *l'accompagne jusqu'à la porte, puis l'air préoccupé se dirige vers le jardin.*

SCÈNE TROISIÈME

Auprès de la mer, un campement de soldat ; Sur un rocher où la mer vient se briser, Rennos tout seul : non loin delà les tentes ennemies.

C'est le matin.

RENNOS

Malheureux que je suis ! Mon cœur s'est laissé entraîner dans cet amour maudit. Et plus mon amour est infâme, plus je l'aime, sans que ma raison puisse le réfréner. En vain, tous mes combats contre ces pirates ; mon ennemi le plus cruel est en moi : c'est mon cœur ! O Pygmalion, comment pourrais-tu croire que l'homme qui a échappé à tant de périls, bravé tant de dangers, qui devant la malédiction paternelle n'a pas fléchi le genou ; enfin, moi Rennos, soit devenu le vil esclave du sourire d'une femme perfide, et qu'il se plaise à se vautrer dans cet amour infâme. Quel dieu pourra m'arracher à ce danger plus doux que la vie même. En vain, j'espérais que toutes ces batailles pourraient distraire ma pensée, mais malgré mon éloignement mon amour devient plus ardent. O Galathia, doux nom qui enveloppe toute ma pensée. O Galathia, fer qui déchire ma vie et qui me fait mourir. Quand te reverrai-je ?... *(A ce moment, on entend les bruits du combat).* Pirates sans courage, pourquoi fuyez-vous ? Me voici moi, Rennos, le frère du roi, tuez-moi! Celui qui me tuera est moins coupable que Rennos ! Tuez-moi car dans ma poitrine se cache un monstre qui m'a vaincu ; tuez-moi et sauvez celui qui désire la femme de son frère et qui se meurt pour un baiser infernal.

(Il s'élance à la poursuite des pirates).

SCÈNE QUATRIÈME

GALATHIA RENNOS

*(Un coin du parc par un clair de lune dans un bosquet
Galathia seule et pensive)*

GALATHIA

Les heures passent. Un silence mortel règne sur
cette ville. Tout dort mais le cœur affligé se réveille.
Seule, avec les astres, je veille ; mes yeux ne se
fermeront pas avant de le revoir *(levant les yeux vers
le ciel)* Salut, Pléïade, je vous envie, car vous pouvez
le voir. Ou est-il ?... Dites-le moi ?... O éclairez-le
pour qu'il puisse retrouver le chemin qui le conduira
au plus tôt dans mes bras !... Ciel ! *(La porte du jardin
s'ouvre, un homme paraît sur le seuil, complètement enveloppé
d'un manteau.* Parle et sois le bienvenu, si tu apportes
de bonnes nouvelles ! Rennos est vainqueur ?...

L'HOMME

O Reine, écoutez-moi. Je suis le fidèle compagnon
et l'ombre de Rennos car il m'a sauvé la vie. Loin de
lui, je suis sa propre pensée. Ma fidélité et mon
dévouement lui sont acquis jusqu'à la mort. Voici le
gage de mes paroles. *(Il montre à Galathia une bague
appartenant à Rennos)*.

Je viens de sa part vous demander si vous voulez
que Rennos meure ou qu'il vive.

GALATHIA

Retourne auprès de lui avec la rapidité de l'éclair
et dis-lui qu'il vive ; car s'il mourait Galathia se
changerait en fléau pour infecter le monde, et si
seeulement il tarde à revenir, Galathia mourra.
(S'approchant de lui). L'as-tu jamais entendu murmurer
mon nom ?... Sais-tu si Rennos m'aime ?... As-tu
jamais vu ses yeux mouillés de larmes se tourner

vers la ville ? L'as-tu vu s'éloigner des combats et s'isoler dans les cavernes sombres ?... O mon Rennos aimé, reviens ! Va et dis-lui, car jamais je n'oserai lui dire... Dis-lui... *(En elle-même)*. Ah ! Si Rennos savait combien je l'aime.

L'HOMME

(L'homme rejette sa chlamyde et se découvrant ouvre ses bras à Galathia). O ma Galathia !

GALATHIA

Mon doux Rennos ! charmant rêve de mes nuits ! O mon unique amour.

(Elle l'enveloppe dans ses bras et veut l'entraîner dans le bosquet. Rennos se dégage faiblement.)

RENNOS

Galathia, tu es l'épouse de Pygmalion.

GALATHIA

A quoi bon tout cela, est-ce que notre amour ne brise pas tout obstacle.

Je suis la reine de Chypre et toi le frère du roi. Quel regard téméraire peut pénétrer jusqu'à nous *(avec passion)*. O donne moi tes lèvres, mon doux amant, pour que je puisse éteindre la flamme qui me dévore. Ne me refuse pas ce baume énivrant. Ai pitié de Galathia.

RENNOS

Dieux secourez-moi et délivrez-moi de cette fatale passion qui me torture et qui me fait mourir. Suis-je un criminel ou ai-je perdu la raison ?...

GALATHIA

Si tu m'aimes, tout ce délire s'apaisera dans la chaude étreinte de mes baisers.

RENNOS

Oublies-tu donc que Pygmalion est mon frère et
que tu es son épouse.

Tant que ses bras entoureront ton corps pour lequel
je me meurs d'amour, Rennos pourra devenir un
fratricide, mais non un infâme larron. Je t'aurais plutôt
tuée si je ne t'aimais pas, car toi libre, mon seul désir
eût été d'unir ma vie à la tienne.

GALATHIA

Alors que Pygmalion meure.

RENNOS

Il est mon frère.

GALATHIA

Notre tyran à tous deux. D'ailleurs la malédiction
paternelle a brisé tous vos liens. Quand Rennos exilé

luttait contre la destinée, Pygmalion jouissait de tout
le bonheur. A-t-il jamais un moment pensé à ce frère
exilé ? Non, *(l'entourant de ses bras).* Est-ce que
l'étreinte d'un frère est plus chaude que celle de
Galathia ?

RENNOS *(frémissant d'amour)*

Assez.... Pygmalion mourra.

GALATHIA

Qu'il meure ! Cours auprès de lui et demande
comme frère légitime la moitié de Chypre : Etant un
tyran, il te la refusera... S'il accepte, demande-lui les
plus riches villes du royaume. Il te les refusera sûrement. Alors que ton épée te fasse raison.

RENNOS

Demain l'un de nous deux reviendra vainqueur.
Heureux à l'égal des dieux celui qui te reverra ! Le
destin le veut ! Qu'il soit accompli !

GALATHIA

C'est toi qui seras de retour car Galathia t'attend (*mouvement d'hésitation de la part de Rennos*). Qui te prouve qu'il soit ton frère... Va....

(*Rennos sort. Galathia entre dans le palais*)

SCÈNE CINQUIÈME

LE PALAIS D'ÉTÉ

PYGMALION, LYRIOS, (*Pygmalion entre,
lisant à haute voix la fin d'un message :*)

PYGMALION

« Nous reviendrons te rejoindre avec Rennos le
plus tôt possible, Galathia. Combien les heures sont
longues loin de Galathia. Ce retard m'est un sombre
présage ! Allons n'y pensons pas. (*Il va à la porte et
appelle*). Lyrios. (*Lyrios entre*). Monte sur la plus haute
tour et regarde si tu ne vois rien sur la grande route.
(*Lyrios sort*). Enfin nous voici de nouveau dans cette
vie calme et heureuse après la soumission de tous ces
pirates. Si au moins ce cher Rennos pouvait oublier
auprès de nous son long exil... Si...

LYRIOS

Seigneur, là-bas sur la route, un cavalier s'avance à toute bride dans un nuage de poussière.

PYGMALION

C'est bien ! Allez !...

(Lyrios sort. Pygmalion se dirige vers la fenêtre et regarde la route tandis que Rennos rentre. Pygmalion se retournant va pour l'embrasser. Mais Rennos reste froid et impassible).

SCÈNE SIXIÈME

RENNOS, PYGMALION

RENNOS

Que les dieux nous soient secourables et nous jugent !

PYGMALION, *ému.*

Pourquoi tout seul et si triste Rennos ? Au nom
des dieux, comment se porte Galathia !

RENNOS, *froidement*

Galathia va bien, mais Rennos se porte mal, très
mal. J'espérais que Pygmalion me ferait justice, mais
en vain j'ai attendu ; à présent, je parle.

PYGMALION

Parle... Est-ce un malheur ?...

RENNOS

Pour moi seul. Ecoute, Pygmalion. Je suis le mauvais génie de la maison. Enfant déjà je fus toujours coupable envers notre père. Je fus maudit et chassé du toit paternel à cause de ma fierté. La malédiction me poursuit toujours. Notre père étant mort, tandis que j'errais par le monde, l'heureux Pygmalion vivait et jouissait du bonheur au milieu de toutes ses richesses. Mais aujourd'hui, le fils maudit rentre et réclame à son frère la part qui lui revient. J'ai dit...

PYGMALION, *avec bienveillance*

Ce n'était que cela, mon frère. Comme Rennos m'apparaît plus petit que celui qui fut maudit. Ce n'est que cela et tu me parles aussi amèrement. Suis-je donc un tyran pour penser ainsi de moi?... Dieux, pourquoi avez-vous aveuglé l'homme à ce point qu'il ne puisse lire au fond du cœur humain ? Je suis ton frère aîné et par conséquent l'héritier de la couronue, mais avant tout je suis ton frère et je t'aime. Que l'île de Chypre soit partagée en deux parts égales et que chacun de nous en prenne une. Es-tu satisfait ?...

RENNOS, *toujours froidement*

Non. Pendant de longues années, tu as profité de toutes les richesses et des ressources de cette île, c'est à mon tour d'en jouir. Les plus riches villes et les champs les plus fertiles m'appartiennent. Je ne me nomme plus Rennos, mais le maudit !

PYGMALION

Appelle-moi ton frère encore une fois et prends-les. La plus riche mine d'or ne vaut pas le cœur d'un frère. Quel changement au bout de quelques jours. Le cœur magnanine d'un guerrier peut-il ainsi se changer en un vil esclave de l'or?... Tu demandes les villes les plus riches et les plaines les plus fertiles de Chypre. Prends-les et que de la joie des deux frères dépende le bonheur d'un peuple. Mais quoi ! tu trembles et ton regard se trouble. Désires-tu encore quelque chose ?...

RENNOS

L'île de Chypre est trop petite, il n'y a qu'un seul trône, un seul de nous règnera. Deux rois ensemble seraient des nains. Je préfère être seul comme un lion dans un désert plutôt que de règner sur la moitié d'un royaume. Que l'un de nous deux vive et règne (*Il tire son épée*). Je ne serai pas ton assassin. Tu portes une épée. Battons-nous et que le sort décide qui de nous deux sera roi. Si tu meurs, l'anathème de mon père pèsera deux fois sur moi. Si je succombe, la malédiction sera accomplie.

PYGMALION, *avec sérénité*

Si tu trouves ce cœur plus cruel que les Barbares, que tu as combattus, alors frappe, arrache-le sans pitié ; mais jamais Pygmalion ne croisera un fer fratricide. (*Rennos frissonne*). Les trônes font des esclaves et non des frères. Viens donc. (*Il détache son épée dont il veut ceindre son frère*). Par Jupiter j'abandonne le trône et je te proclame roi de Chypre. Au lieu de cette épée meurtrière, je te ceins de cette épée royale ; monte sur le trône et sois heureux, mais reste frère ; mon frère. Quant à moi, mon unique trésor, c'est l'amour, la foi, la vie de ma Galathia. Que me font les richesses du monde. Sous mes pleurs et sous mes baisers, le plus pur de mes rêves s'est réalisé. Je suis le plus heureux des mortels.

RENNOS, *tout en pleurs, jetant son épée et s'agenouillant devant Pygmalion*

O mon frère, pardonne-moi.

PYGMALION, *l'attirant dans ses bras*

Pourquoi pleures-tu, Rennos ?... n'est-tu pas mon frère et mon roi ?... Ton chagrin me brise l'âme.

RENNOS

Mon frère, mon frère, pardonne-moi.

PYGMALION

Grands dieux qui a amolli le cœur de ce vaillant guerrier ? Coulez, larmes de reconnaissance ; mais lève-toi, Rennos, lève-toi, mon frère. — Viens ma Galathia pour consoler à nous deux ce cher Rennos. (*Au nom de Galathia, Rennos s'échappe à l'étreinte de son frère et fuit*). Mon pauvre frère, tu n'es pas coupable, pourquoi fuis-tu ?...

(Il sort.)

SCÈNE SEPTIÈME

Même décor qu'au premier acte. Galathia entre. Elle se dirige vers la véranda l'air préoccupé et inquiet. Le crépuscule tombe ; musique.

PYGMALION, GALATHIA, EVMILOS

GALATHIA

Que le destin s'accomplisse. Si le sort inexorable sauve Pygmalion, c'en est fait de moi. Ce poison funeste, don fatal d'une Egyptienne, saura me délivrer de mon tyran. A cette seule pensée qu'il puisse être vivant, je frémis. Pourtant non, c'est mon Rennos qui reviendra. Eros, aie pitié d'une femme en délire. Si mon regard pouvait franchir ces montagnes, ces vallées qui me cachent à la vue lequel des deux frères revient. Si c'est Rennos, éclipsez-vous, monts et rivières pour qu'il soit au plus tôt dans mes bras.

(*Elle va à la fenêtre*). Aucun signe, rien qui puisse me révéler lequel des deux a vu le soleil pour la dernière fois. O Zeus, Zeus, secours-moi... (*Elle recule*). Mais quoi est-ce un rêve ou une réalité. Grands dieux, c'est mon tyran... O mon Rennos... O mon amant. (*Elle porte un flacon à ses lèvres et s'affaisse aussitôt dans le bras de Pygmalion qui rentre.*) Je meurs et c'est pour toi mon dernier baiser. O mon amour, ô mon Rennos !

PYGMALION

Qu'as-tu dit, Galathia ?

GALATHIA, *dans un dernier souffle*

Rennos... (*Elle meurt*)

PYGMALION

Eh quoi tout cet amour était pour Rennos ?..... Suis-je donc encore Pygmalion. Hélas, je comprends tout maintenant. Ah dieux égoïstes et féroces. Pourquoi m'avez-vous trompé. O Rennos, pourquoi ne m'as-tu pas tué quand je ne connaissais pas encore Galathia.

(Il tombe à genoux auprès de Galathia.)
Dans le fond, Evmilos paraît.)

EVMILOS

O Apollon, sois-nous clément.

RIDEAU.

Privas. — Imprimerie Lucien VOLLE.